KB132170

나는 누가 살다 간 여름일까

권대웅 시집

문학동네시인선 097 권대웅
나는 누가 살다 간 여름일까

시인의 말

14년 만에 내는 시집인데 140년처럼 먼 것 같다.
140년 전에 나는 어느 여름을 살았고
140년 후에는 또 어느 시냇물이나 구름,
혹은 바람 같은 것으로 흐르고 있을까.

흔적도 없이 사라지는 여름의 눈사람들.
있으면서도 없고 없으면서도 있는 것들.

가을밤 하늘에 보이지 않는 소 한 마리가
달을 끌고 간다.

2017년 그해 여름
권대웅

차례

2부 세상에 봄은 얼마나 왔다 갔을까

4부 이 세상에 나는 착불로 왔다

1부
당신과 내가 살다 간 방

북항(北港)

목련이 핀다
꽃 속에서 뱃고동 소리가 들린다
정박해 있던 배가 하늘로 떠난다
깊고 깊은 저 먼
꽃의 바다

눈이 내리고 눈이 쌓여
오도 가도 못하는 북해에
백발(白髮)의 노모가 혼자 저녁을 짓는다

들창 너머 목련나무로 배가 들어온다
겨우내 단 한마디도 하지 못했던
말이 터진다

나무에 수없이 내리는 닻
저 구름 너머에서 들어오는 배와
통음(通音)하던 하얀 눈송이들이
펑펑 운다

떠나는 곳이 있고 돌아오는 곳이 있지만
이 세상에 항구는 단 하나다
당신이 기다리고 있는
봄 항구에 꽃이 핀다

모과꽃 지는 봄

저녁의 고요가 나뭇가지 사이로 스민다

적막을 들킬까봐 꼼짝 않던 꽃들이
빗소리에 화들짝 불을 켜자
분홍불 꽃 속으로 들어간 발자국이 보인다

그 사내 빗방울로 걸어와서
나뭇가지에 쪼그려 앉은
그 여자 손목 붙들고 들어간

꽃 속으로 구름이 흐르고
수많은 봄이 지나가고
봄비 내리는 저녁이면
어느 알 수 없는 먼 공간에 불이 켜진다

꽃잎은 지고 있는데
빗줄기를 붙잡고 올라간 방
어느 해인가
적막이 더 환해
고요의 희미한 빛에 세 들어
당신과 내가 살다 간 방

수목장(樹木葬)

나무에게로 가리
해에게도 가지 않고 달에게도 가지 않고
한 그루 큰 말씀 같은 나무에게로 가리

깊고 고요한 잠
나뭇잎은 떨어져 쌓이고 세상에서 나는 잊히고
땅 밑을 흐르는 구름과 별들 양치식물들 눈뜨는
시간 속으로 뿌리 같은 손길 하나가 다가와 나를 깨우면
혹, 달의 뜨거운 호흡에 빨려드는 바닷물처럼
나는 푸른 나무의 바다로 들어가리

아득하여라 나무의 바다 속
바람 불고 봄이 오고 빗방울 떨어져
어떤 기운이 꽃봉오리 꼭 잠긴 몸속으로
나를 밀어내면 아, 나를 밀어내면
비로소 알게 되리
햇빛과 꽃잎과 만나 열리는 저 존재의 비밀을
나뭇가지 사이로 반짝이는 하늘과 땅의 팔만대장경을

또다시 나뭇잎은 떨어지고
햇빛과 빗물과 추억은 날아가
살아남은 것들의 들숨이 되고 치유가 되어
이 세상 천지간 무소유로 선

나무에게로 가리   —

사람에게도 가지 않고
저 세월 속으로도 흐르지 않고
한 잎 피고 지는 것도 화엄(華嚴)인
나무에게로 가리

하늘 모퉁이 연못

물속에서 잠자리 날개가 어른거렸다
저녁 바람이 두어 번 두드렸을 뿐인데
연못을 들어올리며 날아오르는 잠자리
물결이 하늘 가장자리로 퍼진다
물을 열고 들어가면
투명한 하늘 물고기 살 속 같은 구름
햇빛 너울 너머
또하나의 연못이 어른거리며
이곳 속 저 너머의 경계가 뒤바뀔 때가 있다
그때 내가 살았던 것일까
지금 살고 있는 것일까
물살에 날개가 비칠 때마다
붕붕 연못이 날아가고
빗방울이 모여들어 구름이 된다
초저녁 달 창문에 불이 켜졌을 뿐인데
연못이 환하다
그 창밖과 이 창 안을 오고 가며
잠자리 날개가 세상을 끌고 가고 있다

저녁이 젖은 눈망울 같다는 생각이 들 때

눈은 앞을 바라보기도 하지만 뒤를 볼 수도 있다
침묵이 아직 오지 않은 말을 더 빛내듯
보지 않은 풍경을 살려낼 때가 있다
눈을 감았을 때
바보의 무구한 눈망울을 보았을 때
마음의 뒤란에 가꾸고 있는 것이 많을 때
뒤를 만지듯
얕은 것보다 깊은 것들을 살려내는 눈

황소의 젖은 눈처럼 저녁이 온다
꿈벅거리는 큰 눈 속으로 땅거미가 진다
땅속이 환해서 뿌리가 자란다

벽화(壁畵) 1

돌 속을 흐르는 시냇물
물살에 흰 다리 살이 다 들여다보일 만큼
치마를 걷고
돌다리를 건너오고 있는
아 눈부신 햇빛
물속에 비친 부푼 치마 속으로
반짝이던 은빛 지느러미 지느러미
물소리 뚝 멈추고
멈춰선 구름
바짓단을 걷고 건너다가
마주친 그 풍경에 눈멀어
바람과 함께 그만
돌 속에 스며들었네

포복(匍匐)

구름은 하늘에서 얼마나 포복을 하고 갔으면
발목이 뭉뚱그려졌을까
바람은 땅바닥에 얼마나 몸을 기고 다녔으면
온몸이 닳아 없어졌을까
그렇게 오체투지(五體投地)하며
구름은 어느 성지로 가는 중인가
바람은 어느 사원을 돌아나오는 중인가
허공에 지탱하고 서 있기 위해
땅속 깊이 포복하는 나무
자신을 벗어나기 위해
양팔다리 무릎이 헤지도록 흘러가는 강물
지렁이는 흙속에서 얼마나 꿈틀거렸으면
껍질이 다 벗겨진 것일까
엉겅퀴는 얼마나 많은 가시밭길을 걸었기에
꽃 입술에 가시가 박혀 있을까
간절하게 갈망하고 갈구하고 열망하는
저 생의 오체투지들
나는 얼마나 이 세상 바닥을 기고 기어야
비로소 투명해질 수 있을까

연금술사 1

바람이 심폐소생술을 하고 있다
죽어가는 불씨에 날숨을 불어넣으며
살려내는 꽃 속으로
봄을 불러내고 있었다
손톱에 묻은 진흙과 마른 나뭇가지
차갑게 불을 삼킨 혀의 채찍질과 담금질로
붉은 잎을 피워내고 있다
꿈틀거리는 수많은 애벌레를
붉은 날개로 탈바꿈시키고 있다
펄럭거리는 노을이여,
날아오르는 나비떼들이여
통풍이 꽃을 피워내듯이
아픔으로 불을 만들며
바람의 손을 어루만지는 연금술사여
햇빛과 구름으로 반죽한 슬픔
눈물과 머리카락으로 빚은 추억들
그 힘으로 새들이 날고 강물은 눈이 부셔
황급히 강을 떠난다
지평선을 보고 그리움이라고 부르는 자여
왼손을 들면 멀리 오른손을 들어주는 자여
바람도 불지 않는데 꽃가루가 날린다
어디선가 누군가 피어나고 있다
낮달처럼 부끄럽고 환한 한 생이

엄마의 꽃

엄마는 철쭉꽃을 좋아했다
그래서 내가 싫어했던 꽃
입술에 덕지덕지 찍어 바른 촌스러운
립스틱 같은 꽃
봄밤이면 그 입술로
철쭉꽃 핀 공원 한 바퀴 돌고 들어와
툇마루에 앉아 오지 않던 아버지를 기다리던
엄마의 꽃무늬 고무줄 월남치마가 너무 싫어
나 같아도 안 들어올 거야!
왜 그랬을까
대문을 걷어차고 나가던 발길질의 흔적이
철쭉꽃 속에 스며들어
해마다 철쭉이 피는 봄밤이면
내가 뱉었던 말 평생 듣게 해주는 꽃
제사 지낼 때 네 아부지랑 밥 같이 놓지 마!
죽어서도 엄마는 혼자 밥 먹고 싶었을까
봄밤이면 엄마도 꽃피고 싶었을 거야
뜨거워지고 싶었을 거야
철쭉 공원에서 울다 왔을 거야
왜 이제 알았을까
활짝 핀 철쭉꽃을 바라보다
엄마가 혼자 밥 먹던 봄처럼
목이 메어오는 밤

뭉게구름

시냇가에서 놀다 잃어버렸던 신발 한 짝이
어느 날 구름 위에 떠 있었다
시냇물은 내 신발을 신고 얼마나 멀리 갔을까

8월. 염천(炎天) 더위처럼 사랑을 했다. 양쪽 집안 반대가
심해 무작정 동거부터 시작했다. 정릉 청수장 종점 백만 원
에 8만 원짜리 단칸방. 무더운 여름밤 웃통을 벗고 열무김
치에 소주를 마시며 사랑이 너무 아프고 외로워 섹스를 하
다 울었다는 친구. 선풍기 소리를 들으면 온몸이 땀에 젖어
누워 있던 그 좁은 방의 적막이 들린다고 했다
강물 위로 배가 지나갈 때마다
한쪽 발이 허전했다
강물은 내 신발을 신고 얼마나 많이 헤맸을까

소나기가 지나간 것처럼 언제 그런 일이 있었냐는 듯 그
여름이 잊히고 건너편 지하철에서 아이 둘을 데리고 서 있
던 사랑은 사라졌다. 꿈과 야망과 사랑이 그런 것이라 말해
주듯 이혼을 하고 퇴직을 하고 저마다 식당들을 차렸다. 많
이 풍족해졌는데 더 힘들어졌고 모두 변했는데 변화와 변
질을 이해하지 않았다. 검은 앞치마를 두르고 마스터가 된
친구가 팔짱을 끼고 적막한 선풍기 소리처럼 털털 웃고 있
었다

구름 위에 떠 있는 신발을 보다가
잃어버린 신발을 신고 다녔다는 생각을 했다
절룩거리며 강물은 바다에 닿으려고 얼마나 힘겨웠을까
나는 그만 신고 있던 신발 한 짝을 벗어 강물에 던졌다

여름

연못 속에 구름이 살고 있었다
자신이 쏟아부었던 분량의 소나기
그다음 하늘을 바라보고 있었다

얼마나 무거운 지게를 지고 살았으면
소금쟁이가 됐을까
1초에 자기 몸길이 백배나 되는 거리의 물위를
가볍게 걸어다니는 소금쟁이가
물속에 사는 구름의 생에 앉아 있었다

저녁이면 풀섶에서 쓰르라미가 울었다
종일 두 앞발을 비비며 우는 소리
흐르는 시냇물에 번지는 노을을 바라보며
여름 한철 온 생을 빌고 있다

그림자 한 점 없는 뙤약볕 시골길을 걷다
하늘을 올려다보았다 미루나무 꼭대기
파란 연못에 내 전생이 환하게 보이다
까무룩 구름 속으로 사라져버렸다
아무도 없는 시골길
너무 환한 생의 정면과 적막이 무서워 울었다

바라나시에서의 시

강물이 슬픈 피리 소리 같다.
강바닥 저 깊은 수초 아래 앉아
물고기 한 마리가 불고 있는
유장한 피리 소리가 갠지스강을 끌고
아득히 먼 태양 속으로 흐른다.
늙은 소의 눈망울 속으로 풍덩 빠져
몸을 씻는 낮달이 성자 같다.
똥도, 널어놓은 더러운 빨래도
모래 속에 잠든 개들마저도
바라나시에서는 성자다.
바람이 불 때마다 지나가는
강의 겨드랑이 같은 냄새와 향냄새
그 수많은 향기를 잘 버무리고 말리며
날아가는 햇빛들
황금빛 먼지들이 강물 위로 반사될 때마다
아 너무 눈부셔 눈이 멀어 기억날 것 같아
슬픔도 더러움도 아름다운 것을 깨닫는 순간
나는 갠지스강과 함께 저 태양 속으로 흐른다.
장작불에 타다 만 죽은 자의 발 하나가
정처 없이 강물 위를 걸어간다.

연금술사 2

누군가 허공에 불을 피우고 있다
한 움큼의 바람과 햇빛을 두드려
이생의 비밀을 열고 있다
욕망은 육체에 깃들고
영혼은 숨결에 스미는 것
사랑하는 두 사람이 꼭 껴안고 타오르고 있다
저 심장에 불을 넣은 자여
한 방울의 눈물과 머리카락을 섞어
피워낸 불이 지구를 돌린다
타닥타닥 타오르는 뜨거운 불꽃이
훅 나무 속으로 들어가
꽃과 붉은 열매를 피운다
불속에서 아침이 오고
불의 가슴을 가진 새만이 운다
세월은 흐르는 것이 아니라 타고 있는 것
슬픔도, 신열 같은 고독도 타오르는 날들
저녁 하늘로 불씨 같은 노을이 모여들고 있다
긴 밤을 태우기 위하여
구름에 불을 붙이는 자여
태양 아래 미사를 드리는 모닥불과
불의 눈동자여 타오르라
뜨거운 꽃들만이 핀다
사랑하는 것만이 살아 있는 것이다

연금술사 3

불을 삼킨 바람이 흙을 달구고 있다
낮에는 뜨겁고 밤에는 차가운 혀가 닿을 때마다
흙으로 덮인 두꺼운 눈꺼풀이 열리고 있다
석 달 열흘 불꽃과 얼음 속을 오고 가며
피어나는 꽃이여
구름 속에서 망치질 소리가 들린다
뜨거운 불의 비가 내린다
온몸이 달아오른 나무들이
비에 타들어가며 가쁜 숨을 몰아쉬다가
초록 울음소리를 뱉는다
불속에서 태어나는 울음은 기억을 지운다
까맣게 타버린 저편은 손을 놓치듯 떠나고
첫 눈물이 불씨가 되어 숨을 틔운다
풍로가 타오르듯 더운 바람이 불고
세상은 다시 시작되고 달구어진다
불을 갖고 있는 그대여
숨을 들이쉬고 내쉴 때마다
뜨겁고 아름다운 불을 가진 그대여
그 불로 사랑을 하고 미더운 마음을 만들고
영혼의 눈동자를 켜는 것이다
지금 살아 있는 것들은 타오르고 있는 것이다

설국(雪國)

눈이 내린다
누군가 지상에 살며 저녁마다 켰던
등불이 내린다
어느 목련꽃 속을 지나왔을까
환하다
그 고요한 흰 미소 너머
있으면서도 없고
없으면서도 있는
설국
지붕마다 열 뼘 두께 눈이 쌓이고
며칠째 발이 묶인 주점 등불 아래
누군가 술을 마신다
맑은 술잔에 담긴 설원(雪原) 속으로
기차가 달린다
멀어져가는 불빛 한 점
그리움으로 이어지는 밤의 긴 머리카락
하얗게 사랑해 하얗게
적멸이 되어 돌아오는 말과
꽃봉오리 속에 갇혀 지샌
눈의 날들
너무 환해 기억이 나지 않아
밤에도 하얬다

2부

세상에 봄은 얼마나 왔다 갔을까

모란(牡丹)

어느 부족의 여족장 이름 같기도 하고 한번 들어가면 살아서 나오지 못한다는 타클라마칸사막의 마을 이름 같기도 하고 한창 피어나려던 아이들이 이 세상을 떠난 어느 공간에서 다니는 모란여고 학교 이름 같기도 하고 빰 어딘가에 분명 작은 점 하나 있을 여자 이름 같기도 하고 무슨 말을 해도 모두 들어줄 힘 센 왕할머니 이름 같기도 하고 봄비 내리는 항구를 떠나가는 뱃고동 소리 같기도 한 모란!

모란이, 피었다. 수많은 겹꽃 속 과거 현재 미래 꽃이 지면 돌아갈 수 없다는 것을 알면서도 살았던 그 꽃의 골목에서 했던 말 사랑해! 문 열고 들어가면 문 열고 들어가면 또다시 문으로만 이어진 생처럼 꽃 속에 또 꽃 꿈속에 또 꿈. 모란.

달소

소가 달을 끌고 간다
느릿느릿 쟁기 하나로
어두운 저 무한천공(無限天空)을 갈고 있다
걸음이 무거워져 뒤를 돌아볼 때마다
달이 자라나고 있다
꿈뻑거리는 눈동자가 안쓰러워
훠이훠이 소몰이꾼처럼
새들의 울음이 밀어주고 가는
하늘에 달이 차오를수록
소의 등에 앉은 구름이 가볍다
커질수록 환해져야 한다는 것
둥글어질수록 가벼워져야 한다는 것을
달을 끌고 가는 보이지 않는 소가
저 어둠 속에서 말해주고 있다

생의 정면(正面)

어느 순간 와락 진저리쳐질 때가 있다

허리를 굽히고 마당을 쓰는데
머리 위로 쓰윽 이상한 바람이 지나간 것 같을 때
아버지가 돌아가셨는데
아무 일 없듯이 가을 하늘 너무 푸르고 맑을 때
힘이 없는데 정면으로 맞장떠야 할
어느 한순간이 올 때
아무도 지나가지 않는 뙤약볕 시골길
흰 적막이 가득 들어 있을 때
맑은 정신으로 눈이 떠진 새벽
오로지 홀로 나와 맞닥뜨릴 마지막 시간이 떠오를 때

홀연 엄습하는 생의 낯섦을 견디며
불안한 영혼들이 숙연해지고 고요해져간다

청동거울

오래된 괘종시계 종소리가 소 혓바닥처럼 쓰윽 밖으로 나오는 소리를 내며 뎅 하고 울리는 것처럼 내 기억의 시간 어딘가에 들어 있다가 어두워질 무렵이면 쓰윽 나타나는 거울이 있다. 그 거울 속에는 백내장 녹내장으로 30년 동안 앞 못 보는 고모가 바라보던 꽃밭이 있고 언덕이 있고 연못이 있다. 할아버지가 보고 싶었던 할아버지의 아버지와 어머니 진눈깨비 내리는 들판이 있다. 낯익은 골목길 서 있던 그 집 앞 처마밑과 불빛에 부풀던 창문들, 디근자 집 마당에서 목욕을 하던 옆방 아줌마의 엉덩이와 빛나던 달빛들, 전봇대 그림자가 들어오는 다락방이 있다. 가끔씩 그 속에서 예배당 종소리가 들리기도 하고 하모니카 소리가 들리기도 하고 술이 취해 유행가를 부르는 목소리가 들리다 사라지기도 했다.

늦가을 단풍잎만한 운동장 내 거울 속에서 살고 있는 시간과 풍경들. 오래된 괘종시계 종소리가 울리다가 끊기며 시간 속 어딘가에 들어가는 것처럼 내 거울도 기억 속 어딘가 다시 들어가버리고 나면 고요한 마루 끝 어둠 속에 기억이 파랗게 녹이 슨 나의 청동거울 오래된 유물처럼 우두커니 서 있다.

당신과 살던 집

길모퉁이를 돌아서려고 하는 순간
후드득, 빗방울이 떨어지려고 하는 순간
햇빛에 꽃잎이 열리려고 하는 순간
기억날 때가 있다

어딘가 두고 온 생이 있다는 것
하늘 언덕에 쪼그리고 앉아
당신이 나를 기다리고 있다는 것

어떡하지 그만 깜빡 잊고
여기서 이렇게 올망졸망
나팔꽃 씨앗 같은 아이들 낳아버렸는데
갈 수 없는 당신 집 불쑥 생각날 때가 있다

햇빛에 눈부셔 자꾸만 눈물이 날 때
갑자기 뒤돌아보고 싶어질 때
노을이 붕붕 울어댈 때
순간, 불현듯, 화들짝,
지금 이 생만이 전부가 아니라는 생각이 들 때가 있다

기억과 공간의 갈피가 접혔다 펴지는 순간
그 속에 살던 썰물 같은 당신의 숨소리가
나를 끌어당기는 순간

적멸보궁(寂滅寶宮)

거미 한 마리가 허공에 집을 짓는다
어부가 그물을 던지며
바다의 깊이를 가늠하듯
처마와 나뭇가지 사이 투망을 만들며
거미는 하늘의 넓이를 잰다
지상을 가볍게 들어올리며
거미가 들여놓은 방 속에
눈부신 햇살과 영롱한 물방울
붕붕거리며 노을이 살다 간다
가늘고 투명한 거미가 지어낸 공간이
이곳과 저곳을 연결하고 있다

벽화 2

누가 그려놓고 가는 풍경일까
저녁이면 어둑어둑 지우개로 지우고 가건만
가슴에 새겨진 말처럼 남은 숨

돌 속에서 살아가는 일이 얼마나 힘들었을까
미소를 짓는 것
사랑한다 그 한마디 쓰는 것이 얼마나 멀었을까
맷돌 한 바퀴가 돌듯
매일 덧칠하는 일상 속으로
우르르 돌의 말들이 부서져 나온다

목마른 구름 묵지룩한 바람에 끌려
어느 공간 속으로인가 떠나는 새
영원히 남고 싶어 화석이 된 물고기
잊힌 이름의 묘비명

억만 톤의 돌바다를 헤엄치다
억만 겁의 미련과 그리움을 안고
망부석이 되는 것

햇빛 아래 지렁이 한 마리가
온몸을 꿈틀거리며 기어가듯
간신히, 겨우, 이름자 하나 새겨넣고

돌 속으로 스미는
우리는

어떤 흔적으로 남을까

산소 가는 길

동백꽃 사들고
산소에 간다
구파발 지나 서오릉을 돌아
용미리 어디쯤
서성거리다 돌아온다
돌아가실 때 쌓인 눈이 여적 안 녹은 건가
어렸을 적 아버지 뿌리고 내려오던
산비탈 눈 위에 까치 한 마리
오래도록 발이 시리다
나뭇가지 사이 허공 너머
봉분만한 구름
산소도 없는 아버지 어머니
성묘 다녀오는 길
사라진 것이 더 많은 나이에
슬픔은 침묵이라고
손에 쥔 붉은 동백꽃
놓을 곳 없어
놓을 곳이 없어
달 속에 진다

라일락 질 무렵

달빛이었어. 흰나비 꽃가루에 눈이 먼 것 같은 아득함이
었어. 몽롱함이었어. 썰물과 밀물 사이 멈춘 부푼 호흡이었
어. 공중에 수천 개 조각으로 부서지는 환한 물방울이었어.
유전자였어. 아! 탄성에 허공 한쪽이 부르르 몸을 떠는 오르
가슴이었어. 꽃이 질 때마다 몸이 쑤셔 전생이 환히 보인다
는 할머니 처녀 때 키스하며 젖던 축축함이었어. 후드득 풀
어지던 젖가슴이었어. 향기였어. 차갑게 불을 삼키고 간 바
람이었어. 연분홍 살 속이었어. 첫사랑이었어.

꽃 속에서 한 영혼이 태어나고 있었어. 그렇게 첫울음을
터뜨리고 수줍은 첫인사를 하고 사랑을 하고 이별을 했던
아주 오래전 잊어버린 당신이 피어나고 있었어. 꿈이었어.
아득함이었어. 눈물이었어. 일장춘몽이었어. 수천 개의 봄
이 긴 끈으로 이어지고 있었어.

땅거미가 질 무렵

어둑어둑해지는 저녁 길을 걷다보면
풍경 속에 또다른 풍경이 들어 있는 것 같다
어디선가 본 것 같은
언젠가 만난 것만 같은
어스름녘
젖은 하늘의 눈망울
물끄러미 등뒤에 서서
기억나지 않는 어젯밤의 꿈과
까마득하게 잊었던 시간들
생각날 듯 달아나버리는 생의 비밀들이
그림자에 어른거리다 사라진다
잡히지 않으며 존재하는 것
만져지지 않으며 살고 있는 것들이
불쑥불쑥 잘못 튀어나왔다가
제자리로 되돌아가는 시간
그 밝음과 어둠이 섞이는 삼투압 때문에
뼈가 쑤시는
땅거미가 질 무렵

아득한 한 뼘

멀리서 당신이 보고 있는 달과
내가 바라보고 있는 달이 같으니
우리는 한동네지요

이곳 속 저곳
은하수를 건너가는 달팽이처럼
달을 향해 내가 가고
당신이 오고 있는 것이지요

이 생 너머 저 생
아득한 한 뼘이지요

그리움은 오래되면 부푸는 것이어서
먼 기억일수록 더 환해지고
바라보는 만큼 가까워지는 것이지요

꿈속에서 꿈을 꾸고 또 꿈을 꾸는 것처럼
달 속에 달이 뜨고 또 떠서
우리는 몇 생을 돌다가 와
어느 봄밤 다시 만날까요

2월의 방

비틀거리며 내려오는
한줌 햇빛이 박하사탕 같다
환해서 시린 기억들
목젖에 낮달처럼 걸려
봄바람마저 삼켜지지 않을 때가 있다
고요 속에 있던 그늘의 깊은 우물로
돌멩이 하나가 떨어지는 소리
나뭇가지에 쌓인 눈의 무게를 못 이겨
쩡! 하고 부러지는 소나무의 이명이
온 산을 메아리로 돌다가
내 몸을 지나갈 때 나는 들었다
생은 버티는 것만이 아니라는 것을
낮에 뜬 반달이 겨울 들판에 있는
작은 오두막집 같다
구름이 살고 있는 집
정처 없이 가난했던 사랑은
따뜻한 날이 와도 늘 시리고 춥다
세상에 봄은 얼마나 왔다 갔을까
바람 속에서
엿장수 가위질 같은 소리가 들린다
째깍째깍 오전 열한시의 적막한 머리카락이
혼자 겨울을 난 방에 꿈틀거린다

기억의 갈피로 햇빛이 지나갈 때

햇빛이 각도를 바꿀 때마다 늑골이 아팠다
온몸 구석구석 감추어져 있던
추억 같은 것들이 슬픔 같은 것들이
눈이 부셨나보다 부끄러웠나보다

접혀 있던 세월의 갈피, 갈피들이
어느 날 불쑥 펼쳐져
마치 버려두고 왔던 아이가 커서 찾아온 것처럼
와락 달려들 때가 있다

문득 돌쩌귀를 들추었을 때
거기 살아 꿈틀거리는 벌레처럼
지나간 모든 것들은 멈춘 것이 아니라
남겨진 그 자리에서 다른 모습으로
성장해가고 있는 것이 아닐까

아물지 않고 살아 있는 생채기로
시린 바람이 지나가듯이 자꾸 옆구리가 결렸다
기억의 갈피갈피 햇빛이 지나갈 때
남겨진 삶들이 불쑥불쑥 튀어나올 때

장마 1

너무 긴 한 정거장이었다
꿈쩍 않던 구름과 남루한 안개
더운 습도가 겨드랑이에서 버섯처럼 피어났다
빗방울을 머금은 등불은 어둡고
슬픔의 모래주머니는 무거워
마르지 않은 상처 속을 오체투지로 기어야 했다
골목에 서 있던 오역의 문장과 젖은 청춘
눅눅한 그림자가 배고픈 아이들처럼 엉겨 붙었다
한 걸음이 뒷산을 멘 것만큼 무거웠다
외로움이 포화 상태에 달하면
터져 죽어버리는 열대어 블랙몰리처럼
입술을 내밀고 끈끈이주걱 속을 헤맸다
불러도 대답 없는 적막
메아리조차 없는 사랑이라는 이름
침묵이 두려워 자꾸 울어야 했다
돌아갈 수도 없고 떠날 수도 없던 정거장
어깨에 목에 팔뚝에 망집을 짊어지고
비를 맞으며 한 사내가 오래 서 있었다

하얀 코끼리

하얀 코끼리가 오고 있다
상앗빛 환한 공을 등에 얹고
나부끼는 노을의 언덕과 구름의 사원을 지나
하얀 코끼리가 걸어오고 있다
거뭇거뭇 어두운 풀잎들이 자라는 하늘 지평선
조심스레 코로 말아올린 하얀 공을
허공으로 밀어내면
코끼리를 떠난 공과 내가 뻗은 손이
아득히 아스라이 먼
어느 생을 이어주고 있는 것일까
매일 밤 하얀 코끼리가 와서 던지는
공을 받는 것은
이 세상이 있기도 하고
없기도 하다는 것을 알아가는 일
보이지만 언젠가 보이지 않는다는 것을
배워가는 일
하얀 코끼리의 등에 얹힌 하얀 공을
끊임없이 찾고 있는 일

3부
어찌 안 아플 수가 있니

비로자나불(毘盧遮那佛)

하얀 싸리꽃이 밤새
대웅전 앞마당을 쓸고 있다
한 잎의 풀처럼 달빛에 움직이며
마당을 쓸고 있는 저 소리
고요하고 고요하여라
봄밤
댓돌과 마당을 지나 돌계단까지
하얗게 쓸어내고 있는
저 싸리꽃 빗질 소리를 듣다가
아! 비로자나불
싸리꽃이 절 마당을 쓸고 있는 것이 아니라
꽃을 피우며 피워내며
저 달에 새겨진 경(經)을 읽는 소리였구나
그래서 마당이 그토록 밝고 환했구나
꽃향기가 났구나

프라하의 달

프라하의 햇빛은 파랗다. 햇빛이 꾸덕꾸덕 말려놓은 구름, 저녁 여섯시의 머리카락, 너무 푸르러서 뜨거운 종소리에 청각을 잃은 새들처럼 그토록 아름다워서 들리지 않는 저 오래된 기억. 당신이 불러도 나는 듣지 못하고 당신이 사는 집 골목 창문을 그냥 지나쳐가는 아득하고도 먼 시간.

카프카라는 이름을 가진 푸른 눈의 청년을 본 적이 있니? 외로워서 고개를 들지 못하던 청년. 파란 신호등이 켜져도 건너가지 못하던 청년. 푸른 실핏줄 속에 붉은 피가 흐르는 것처럼 그렇게 뜨거워서 저녁이면 강으로 나가 울던,

프라하의 햇빛은 파랗다. 달이 낮에도 뜨기 때문이다. 당신의 슬픔에 파랗게 녹이 슬어 더 아름다운 몰다우 강물에 천 개의 달이 뜬다.

장마 2

구름이 너무 오래 머물러 있었다
아버지가 주저앉은 자리
웅덩이가 생기고 물이 고여
불을 때고 솜이불을 덮어도
아버지의 잠은 축축하기만 했다
뜨거운 방만큼이나
무덥고 습하고 아주 지루한 여름이었다
아버지를 지우고 돌아온 날
엄마는 집안의 모든 그릇들을 꺼내어
설거지를 했다
이불도 빨아 널어야 할 텐데
중얼거리는 엄마의 목소리가
빗방울 어딘가에 매달려 울먹거렸다
장마가 끝나도 허전할까
구름이 걷힌 식탁의 침묵이
빈 아버지 의자처럼 적막한 저녁
그 어떤 위로도 격려도 침묵보다 못했다
비가 그쳤나봐
엄마의 그 한마디에 전등불이 밝아졌다
장마가 지나간 하늘
눈물 나도록 아름다운 노을이 펄럭였다
징그러워 저 삶!
나도 모르게 그렇게 중얼거렸다

젖은 하늘 위로 소금쟁이들이 날아갔다 　—

보문동

미음자 마당에 쭈그리고 앉아
쌀을 씻는 어머니
어깨 위로 뿌려지는 찬물처럼
가을이 왔다
반쯤 열린 나무 대문을 밀고
삐그덕 들어오는 바람
마당에 핀 백일홍 줄기를 흔들며
목 쉰 소리를 낸다
곧 백일홍이 지겠구나
부엌으로 들어가는 어머니 뒷모습이 아득하다
툇마루에 놓여 있던 세발자전거
햇빛이 너무 좋아서
그 곁에서 깜빡 졸고 일어났을 뿐인데
백발이 되었다
기와지붕 너울 너머로 날아가는 나뭇잎들
전생을 기억하고 있는 구름들
꽃잎에 섞인 빗방울의 날들
어둑해지는 처마밑으로 우수수 떨어진다
지금 여기가 어디지?
몇 세기를 살고 있는 것이지?
돌아보면 어둑어둑 텅 빈 마당
어머니가 꼭 잠가놓고 가지 않은 수돗물 소리
똑똑똑

세월 저편에서 문 두드리는 소리처럼
수백 년이 지난 골목길을 빠져나간다

화무십일홍

마당 한구석. 윤기 나고 탄력 있는 피부로 자라던 옥잠화 넓은 잎사귀 속에서 쪽찐 머리에 꽂은 옥비녀 같은 꽃이 피었다. 어느 집 규수였을까. 옥잠화 몸에서 나는 향기가 너무 그윽하여 아침마다 모두머리 단장하고 있는 꽃방. 두근거리며 훔쳐보던 그녀의 흰 뒷목.

지난겨울 담장 아래 눈사람이 서 있던 자리에 해바라기가 피어올라와 물끄러미 방안을 바라보고 있었다. 옷을 갈아입다 깜짝 놀라 커튼을 쳤다. 언젠가 어디선가 본 볼이 두툼한 여자 같았다.

아침마다 나팔꽃이 목청껏 외치는 소리들. 지나가는 바람이라도 꾀어내듯 획획 휘파람을 불며 허공으로 뻗어가던 넝쿨들, 낭창낭창하던 것들. 세상에서 사라졌다고 없어져버리는 것은 아니다. 칠 년 만에 땅 속에서 나와 7일만 살면서 오직 사랑을 찾기 위해 울던 매미. 당신은 그토록 간절하던 당신을 만났는가.

등줄기에 후줄근하게 땀이 흘렀다. 나도 녹아가고 있었다. 여름의 눈사람처럼 있었다가 흔적도 없이 사라지는 것들. 백일홍을 심었는데 백일홍도 그만 져버리고 말았다.

출근하는데 죽은 매미가 마당에 떨어져 있었다. 나는 누가 살다 간 여름일까.

연꽃 피는 밤

누가 거문고를 연주하고 있다
깊은 밤 그 소리를 들으며
연못에서 연꽃이 피어나고 있다

혼절하듯 뜨거운 저 꽃의 음계
달빛이 한 잎씩 건드릴 때마다
이 생으로 건너오는 하얀 연꽃의 생애와
달의 연못에 비친 또하나의 달 사이

고요하고 고요하여라
빛과 소리가 만나는
저 삼천대천세계(三千大千世界)

밤하늘을 날던 새들은 그만 눈이 멀고
자다가 그 소리 듣고 깨어
그만 전생을 알아버린 당신은
이마가 환한 당신은

아 손가락이 여섯 개
연못에 비춰
거문고를 연주하고 있다

처서(處暑) 모기

처서가 지나면 입이 삐뚤어진다는데
서리가 내리고 입동이 지나갔는데도
어디선가 날아와 문다 자꾸 문다
팔 다리 몸통까지 뒤틀며 등짝을 긁는데
물린 데도 없는데
왜 자꾸 긁느냐고 아내가 묻는다
이렇게 따갑고 가려운데
그러면 누가 와서 무는 것일까
윙윙 왱왱
어둠 속에 입이 삐뚤어진 모기들이 날아다녔다
너의 피가 필요한 모기
그래서 더 험악하게 물고 헐뜯는
뒤틀린 모기 입들이 무서워
허공에 팔을 헤저으며 나는 그들을 쫓았다
머릿속 어딘가가 가려웠다
마음속 어딘가가 절룩절룩 아팠다
물린 데도 없는데 자꾸만 몸을 긁었다

허공 속 풍경

처마밑으로 제비들이 분주히 드나들던 집
허리둘레가 넓은 어머니처럼 든든해 보이던
장독 항아리들과 병정 같은 펌프가
우뚝 서 있던 마당
툇마루에 모이던 햇빛이 담장을 넘어
지붕 위로 올라갈 때마다 할머니는 아깝다며
소쿠리에 말릴 나물들을 더 얹었다
햇빛이 아까운 것이 아니라
남은 생이 아까웠던 할머니
온몸을 부지런히 움직이며
반지르르 닦아놓은 경대 위로
세월이 비껴가는 줄만 알았다
돌아보면 햇빛이 거두어가버린 집
어른거리는 골목 너머 장독대 너머
할아버지는 아버지는 어느 허공을 살다 간 것일까
제비들이 처마밑으로 몰고 오던
씨줄의 공간과 날줄의 시간들이
잡히지 않는 풍경으로 남아 있는
저 허공 속
환영(幻影)이야

시간의 갈피

시간과 시간 사이에 난 길
새벽 다섯시와 여섯시 사이의 샛길
오전 열시와 열한시 사이의 섬
오후 두시와 세시가 만나는
눈부신 여울목
저녁 여섯시에서 일곱시로 가는 길에
서 있는 우두커니와 물끄러미
그 시간이 되면 나타났다가 사라지는 것들이 있다
이 세상을 떠나고 싶지 않았던 울음
혼자서만 너무 그리워했던 눈빛
억장이 무너져 쌓인 적막
꽃들의 그림자와 떠나지 못한 햇빛들
이쪽으로 올 수도 없고
저쪽으로 가지도 않으며
현재와 과거와 미래 사이를 서성이는 응어리
그 시간의 갈피에 숨어 살고 있는 것들
그들을 위해 기도해야 한다
다함없이

나무와 사랑했어

꽃의 오르가슴을 본 적이 있니. 보름달 밤이었어. 봄인데도 참 더웠지. 꽃나무 아래 서 있는데 갑자기 수천수만의 분홍 꽃송이가 우르르 몸을 떨고 있었어. 아 달 속으로 그 많은 꽃이 떨어지고 있었어. 목이 조이도록, 호흡이 벅차오르도록 뜨거운 향기였어. 꽃나무 아래서 나도 모르게 그만 사정하고 말았어.

언젠가 한번 가본 적이 있어. 혼미하던 그 속 뜨거우면서도 참 따뜻했던 그 속 달빛이 나를 깨웠고 향기가 기억을 재생시켰지. 그렇게 봄밤이면 태어나고 다시 태어났어. 보름달이 바닷물을 훅 빨아들이던 날. 달과 바다가 연애를 하는 동안 꽃들은 뜨겁게 달아오르고 달콤하게 젖은 꽃 수술 속으로 나비의 둥근 입술들이 젖었지.

세상 모든 사랑은 달 속에서 피어난다. 그렇게 겹겹의 환한 꽃 방 속에서 너는, 나는 몇 번이나 피어 이 세상에 왔을까. 활짝 핀 꽃나무 아래였어. 꽃의 공간과 나의 육체가 맞닿던 아득하고 먼 달빛 아래에서 나무와 사랑할 수 있다는 것을 알았어.

동피랑의 달

동피랑의 달은 골목에서 나온다
밥 먹으라고 부르는 엄마 목소리처럼
채송화 낮은 담장을 넘어
꼬불꼬불 계단을 올라
하늘에 뜬 분홍 밥 한 그릇
항구의 저녁은 돌아오는 배보다
부둣가가 더 만선이다
중앙시장 생선 손질하는 할머니
비늘 가득한 팔뚝으로
통영 별 떠오르면
펄럭이는 노을과 불빛에 젖은 그림자들이
싱싱한 물고기들처럼 푸드득
습도를 헤엄쳐다닌다
언덕을 올라오는 허기진 아버지 등뒤로
바다가 저물고
문득 사는 일이 밀려가기만 하는 것 같은 시간
동피랑집 창문마다 달이 뜬다
둥근 밥솥 같은

서피랑의 달

저녁이면 뒷짐을 지고
아흔아홉 계단을 올라가는 달
거제에서 나무해오며 살던
팔십서이 할매 지게에 얹혀
느릿느릿 걸어가고 있는 서피랑

나비가 지게 맨 꼭대기에 앉아
가만가만 뱃고동 소리를 듣는다

휘어진 길 저쪽

세월도 이사를 하는가보다
어쩔 수 없이 떠나야 할 시간과 공간을 챙겨
기쁨과 슬픔, 떠나기 싫은 사랑마저도 챙겨
거대한 바퀴를 끌고
어디론가 세월도 이사를 하는가보다

어릴 적 내가 살던 동네
기억 속에는 아직도 솜틀집이며 그 옆 이발소며
이를 뽑아 던지던 지붕과
아장아장 마당을 걸어오던 햇빛까지 눈에 선한데
몇 번씩 부서졌다 새로 지은 신흥 주택 창문으로
엄마가 저녁밥 먹으라고 부르는 소리가
초승달처럼 걸려 있다

어디로 갔을까 그 세월의 바퀴는
장독대와 툇마루와 굴뚝을 싣고
아버지의 문패와 배호가 살던 흑백텔레비전을 싣고
초저녁별 지나 달의 뒤편 저 너머
어디쯤 살림을 풀어놓은 것일까

낯설어 그리운 골목길을 나오는데
문득 어디선가 등불 하나가 켜지고 있었다
희미한 호박 등처럼 어른거리는

내 마음속 깊은 골목 맨 끝 집
등불 속에 살고 있는 것들
오, 어느새 그 속으로 이사와
아프고 아름답게 반짝이며 자라고 있는
세월들

비 오는 가을 저녁의 시

떨어지는 것은 나뭇잎만이 아니다
맨발로 뛰어다니는 빗방울
불빛에 부푼 추억의 머리카락
아직 쓰지 못한 시와
내가 부둥켜안고 사랑했던 날들 눈물들
거리는 언제나 정처 없다
낙태한 아이들처럼 흘러가는 구름과
마음이 젖어 배회하는 그림자들
창문을 두드리는 것은
저녁이 오고 있다는 것을 알기 때문이다
떨어지고 있다는 것을 알고 있기 때문이다
저 끝
돌 속같이 딱딱하고 보이지 않는
그곳은 어디일까
쿵 가을의 문이 닫히고
검은 망토 같은 어둠들이 와 우리를 데려갈
불 꺼진 도시는 어디일까
계절의 길 맨 끝 가을의 골목에서
바람은 고양이처럼 울부짖는다
덜컹거리는 눈꺼풀 펄럭거리는 처마밑으로
어두운 비가 내리고
우리가 예언했던 날들이 문을 두드리고 있다

나팔꽃

문간방에 세 들어 살던 젊은 부부
단칸방이어도 신혼이면
날마다 동방화촉(洞房華燭)인 것을
그 환한 꽃방에서
부지런히
문 열어주고 배웅하며 드나들더니
어느새 문간방 반쯤 열려진 창문으로
갓 낳은 아이
야물딱지게 맺힌 까만 눈동자
똘망똘망 생겼어라
여름이 끝나갈 무렵
돈 모아 이사 나가고 싶었던 골목집
어머니 아버지가 살던
저 나팔꽃 방 속

노을

집으로 돌아가는 길이야
회귀본능일 뿐이라구
펄떡거리며 저녁 강을 거슬러가는 연어들처럼
마지막 생의 행진이야 축제야
투병을 하던 엄마가 창문을 바라보며 말했다
이 세상에 들였던 자기 자리를 거두는데
어찌 안 아플 수가 있니
어떻게 흔적도 없이 갈 수가 있겠니
저 노을처럼 말야
엄마의 눈가에 노을이 펄럭였다
태양이 지는 자리
엄마의 시간과 추억이 지는 자리
이생에서 얻은 기운을 이생에서 다 쓰고 가듯
허공에 마지막 두 손을 불쑥 내민 엄마의 팔뚝이
저기 강물을 헤쳐 거슬러가는 연어 같았다
집으로 돌아가는 길이야
먼저 온 사람이 먼저 가는 것뿐이라구
그 위로 노을이 붉게 물들고 있었다

4부
이 세상에 나는 착불로 왔다

당신이 다시 오시는 밤

누가 환생을 하는가보다
봄밤 달에서 떨어지는 꽃향기가
제삿날 피우는 향처럼 가득하다
목이 멘다
내가 알았던 생이었나보다
기우뚱 떠오르려다
사라지는 나뭇가지 위
달이 밀어내는 꽃봉오리가 뜨겁다
이 밤에 당신 무엇으로 오시는가
목이 꺾이도록 달을 바라보다가
저 달 속에 그만 풍덩 몸을 던져
당신이 오고 있는 길
그 생 쫓아 다시 오고 싶다

호랑나비

허공의 이쪽과 저쪽을 드나들며
날아올랐다 사라지는 나비를 보면
마치 하늘에서 작두를 타고 있는 것만 같다
펄펄 솟구쳤다가 다시 날카로운 굉음의 공중에
착지하는 저 가벼운 버선발
이 봄날 호랑나비는
어떤 영혼을 재생시키는 것일까
눈을 감으면 떠나간 것은 아득하기만 하고
그리운 것들은 모두 허공이기만 한데
그 공중에 피어나는 꽃처럼
누군가의 영혼을 저 생에 옮겨놓고 있는 것일까
혼신을 다해 피워내고 있는 것일까
이생과 저 생의 꽃밭 사이를 오가며
호랑나비 한 마리가
저쪽에서 사라진 꿈 하나를
이쪽으로 옮겨오고 있다

이모의 잔치

한파경보가 내려졌다
30년 만의 추위가 불어닥치던 12월
이모가 쓰러졌다
이문동 시장에서 국수를 제일 잘 말아 팔던 이모
서른다섯에 홀로되어
다 키운 자식들이 하나같이 못살자
일본으로 가 식당 주방 일을 했다
거기서도 이모의 음식 솜씨는 최고였다
일본 식당에서 5년 모아온 돈으로
큰아들 사진관 차리는 데 보태주고
둘째 아들 순댓국집 차리는 데 보태주고
막내딸 전세방 얻어주고
당신은 몸 하나 간신히 눕힐
부엌도 없는 단칸방에서 혼자 살아갔다
빨리 색시 생기라고 내 자취방에 와서
팬티까지 다려주고 가던 그녀가 쓰러졌다
면발처럼 질기고 탱탱하던 혈관이
30년 만의 한파에 불어터지고 말았다
더이상 일어설 수도 말할 수도 없었다
수많은 사람에게 잔치국수를 말아주던
자신의 삶에 정작 잔치는 없었다
식물이 되어 누워 있는 이모를 생각하며
국숫집에서 뜨거운 국물과 면발을 삼키다가

마치 인생이 불어터진
잔치국수 같다는 생각에
그만 엉엉 울고 말았다

가을비는 흐르지 않고 쌓인다

떨어지는 빗방울에게도 기억이 있다
당신을 적셨던 사랑
아프지만 아름답게 생포했던 눈물들
신호등이 바뀌지 않는 건널목에서
비 맞고 서 있던 청춘들이 우르르 몰려올 때마다
기우뚱 하늘 한구석이 무너지고
그 길로 젖은 불빛들이 부푼다
흐린 주점에서 찢었던 편지들이
창문에 타자기의 활자처럼 찍히는
빗방울의 사연을 듣다보면
모든 사랑의 영혼은 얼룩져 있다
비가 그치고
가슴이 젖었던 것은 쉽게 마르지 않는다
몸으로 젖었던 것들만이 잊힐 뿐이다
밤거리를 맨몸으로 서성거리는 빗방울들
사랑이 떠나간 정거장과 쇼윈도와 창문과
나무들의 어깨 위로
구름과 놀던 기억들이 떨어진다
국화 허리 같은 당신이 떨어진다
가을비는 흐르지 않고 쌓인다

뿔

뿔이 달려 있다
어느 날 깨어나서 보니
너의 이마에 나의 이마에 하나씩
뿔을 달고 있었다

그렇게 달려가고 있었다
성난 버펄로처럼, 먼지를 일으키며
멈출 수가 없었다
앞발에 걷어차이고 뿔에 받칠까봐
돌진 오직 전진만이 전부였다

아침에 달렸던 들판을 점심과 저녁에도
그리고 꿈속에서도 달렸다
상처받을 것 같아서
밟히거나 주저앉을 것 같아서
숨이 차도 멈추지 못했다

달리는 그들과 내 모습에 또 뿔이 나서
코를 씩씩거리며 분노로 침을 뚝뚝 흘리며
부릅뜬 두 눈을
자신의 뿔에 들이박고 있었다

집시의 시간

허리를 구부리고 걸어야 했다
이마에 손을 얹고
밝아도 어두운 저 먼
길의 넋을 바라보아야 했다
노을이 흘러가는 것처럼 방랑이란
유예받은 날들을 사는 것이어서
빛나도 외로운 별들과
펄럭거려도 승리라는 것은 없는
깃발들이 나부끼고 흐느끼는
집을 메고 집을 찾으러 다녀야 하는
집시의 날들
신을 신어도 언제나 맨발인
저녁 불빛에는 모래가 섞여 있었다
바람이 불 때마다
그 속에서 목쉰 여자의 노래가 들렸다
사랑을 잃은 노래
목젖을 밟고 어그적어그적
걸어나오는 불빛들이 따가워
늘 눈이 젖어 있는 모래의 남자가
네온사인 아래 비틀거린다
태어날 때부터 발을 헛딛고
허공을 유랑하는 떠돌이별의
통증이 박하처럼 환하다

꿈속에서도 발을 잃고 떠나야 하는 밤
시베리아를 횡단하는 기차보다 긴
접시의 시간이 천막 지붕 위에 엎드려 있다

홍시등(燈)

불빛은 시야를 비춰주지만
가을 저녁 낯선 시골길에서 만난
감나무의 주홍색 감 빛깔은
때로 우리의 의식을 밝혀주기도 한다
꺼져가는 영혼의 저편
한구석을 환하게 살아나게 해주는
홍시등
그런 빛들이 다가와
생을 켜줄 때가 있다
그때마다 문득 화들짝
어둡던 내가 켜져 밝아질 때마다
세상에 환한 것만이 다 보이는 것은 아니다
눈을 떴다고 깨어난 것만은 아니다
우리의 뒤편과 뿌리를 비춰주는 빛깔들
며칠째 내리던 비 그친 후
빈혈이 일어날 만큼 파란 하늘 같은 것
긴 낮잠에서 깨어나 바라본 노을 같은 것
빛깔로 끊임없이 말을 걸어오며
밝아도 보지 못했던 것들을 깨우는 것들

초저녁 별

들판을 헤매던 양치기가
하룻밤을 새우려고
산중턱에서 피우는 모닥불처럼
퇴근길 주머니에 국밥 한 그릇 값밖에 없는
지게꾼이 찾아갈 주막처럼
일찍이 인생이 쓸쓸하다는 것을 깨달은 사람이
창문을 열어놓고
뻐끔뻐끔
혼자 담배를 피우는
저 별

눈

씨풀씨풀 눈이 내린다
남대문 시장 좌판 생선 장수 아주머니 전대 위에
육교 위 쪼그리고 앉아 귤을 파는 할머니의 고쟁이에
지하도 입구 엎드려 내민 걸인의 손바닥 위에
씨펄씨펄 눈이 내린다
서울역 노숙자들이 먹는 잔치국수에
붕어빵 장수 아저씨의 콧물 위에
파고다공원 할아버지 막걸리 잔에
씨불씨불 눈이 내린다
인생이라는 게 다 길바닥이야
길바닥에 서 있다가 길에서 녹아 사라지는 거지
무거운 짐을 지려고 일어나려다
낮술 한잔에 그만 미끄러지는 지게꾼 아저씨
니기미!
뜨거운 입김에 섞여 나오는 욕설 위에도
눈이 내린다
니기미니기미 눈이 내린다
벌떡 일어서는 아저씨 허벅지 힘처럼
생생하게 살아 펄펄 뛰는
저잣거리에 내리는 눈은
맨발이다 불끈 쥔 주먹이다
막 퍼주는 손칼국숫집 할머니 육두문자다
그렇게 눈이 내린다

씨펄 씨풀 씨불
씨불 씨풀 씨펄

—

—

이유도 없이 못 견디게 그리운 저녁

계절에도 늑골이 있다
여름에서 가을로
햇빛이 자리를 바꿀 때마다
가려졌던 젖은 기억들이 드러나
부끄러울 때가 있다
따가울 때가 있다
모두가 그것을 감추고 살지만
봄이 목이 메도록 짙은 철쭉을 데려오고
여름이 훌쩍 해바라기를 데려가듯이
떠나간 것들이 다시 오고
다시 온 그 무엇 때문에
못 견디게 외로울 때가 있다
때로 어떤 저녁
지나가는 바람에 묻어 있는 냄새에
오래 비어 있는 적산가옥 같은 것
저녁의 뒤란 같은 것
마당에 가뭇가뭇 꺼져가는 짚불 같은 것
그곳에서 살았던, 사랑했던 기억이
잠깐 떠오르려다가
후다닥 먼 구름 속으로 사라져버린다
떠나고 다시 오며 바뀌어가는 것들
그렇게 우리는 어떤 거대한 바퀴에 실려갔다가
모든 것을 까마득하게 잊고

서로가 그리운 계절에 다시 온 것 아닐까
가끔씩 그 사이가 보이고
목에 걸린 작대기 같은 그 기억 때문에
못 견디게 외로운 저녁

착불(着拂)

이 세상에 나는 착불로 왔다
누가 지불해주어야 하는데
아무도 없어서
내가 나를 지불해야 한다
삶은 매양 가벼운 순간이 없어서
당나귀 등짐을 지고
번지 없는 주소를 찾아야 했다
저녁이면 느닷없이 배달 오는 적막들
골목에 잠복한 불안
우체국 도장 날인처럼 쿵쿵 찍혀오는
살도록 선고유예 받은 날들
물건을 기다리는 간이역의 쪽잠 같은 꿈이
담벼락에 구겨 앉아 있다
꽃은 아름답게 피어나는 것으로
이 세상에 온 대가를 지불하고
빗방울은 가문 그대 마음을 적시는 것으로
저의 몫을 다한다
생이여!
나는 얼마나 더 무거운 짐을 지고 걸어야
나를 지불할 수 있는가
얼마나 더 울어야
내가 이 세상에 온 이유를 알 수 있을까
모든 날들은 착불로 온다

사랑도 죽음마저도   —

                                                       —

풀잎이 자라는 소리

나무는 높이 자랄수록 땅속 뿌리를 듣는다
꽃은 햇빛을 듣고
새는 바람을 듣는다
침묵에도 소리가 있다
그것을 듣는 것
발밑에 풀잎이 자라는 소리
공간의 갈피 속에 살아남아 있는
누군가의 오래된 목소리
손짓 발짓 애타게 부르던 당신의 눈빛
노을이 떠나며 하는 말
저 먼 태양에서 내려온 햇빛이 주는 말
어둠 속 달빛이 가르쳐주는 방향
잊어버리고 잃어버린 것들
놓쳐버린 것들
듣기만 해도 표현이 되는 것이 있다
들을 줄 아는 것이 답변이 될 때가 있다
지금 이 소리들

바람이 거꾸로 부는 날

새들도 공중에 발을 헛디딘다
허방에 빠지며
앞으로 가도
자꾸 뒤로 밀리는 날에는
등뒤로 걷자

슬픔을 감춰도 눈물이 나는 날에는
햇빛 속에 부서지는 찬란을 기억하자
당신의 눈썹처럼 강물 위에 반짝이는 물방울의 날들
소나기에 젖던 사랑과 추억을 말리던 모닥불들
저녁 언덕에 손을 높이 든 자작나무처럼
이 세상에 나 홀로 아름답게
슬퍼서 더 화려한 날을 축복하자
울어서 맑아진 눈동자를 바라보자

고독해서 빛나는 별들에게
내 이름을 붙여주자
맞바람이 불어
자꾸 뒤로 밀리는 날에는

지금은 지나가는 중

모든 것이 지나가고 있는 것들이다
비가 내리는 것 아니라 지나간다
불이 켜지는 것 아니라 지나간다
마음도 바뀌는 것 아니라 지나간다
우선멈춤 서 있는 전봇대
어둠 속에서 껴안고 있는
너의 알몸도 지나가는 것이다
지하철이 지나갈 때마다
건너편 서 있던 당신이 사라진 것처럼
어디론가 지나간 것이다
우리가 언제 어디서 만났을까 아뜩하다
한때 내 몸을 흠뻑 적셨던 소나기들
눈이 너무 부셔
눈물마저도 은빛 지느러미처럼
아름다웠던 날들 속으로
눈먼 사랑이, 모닥불이 지나간다
공중에서 일가를 이루던
나뭇잎들이여 먼지들이여
세월의 녹색 철문이 쿵! 하고 닫히는 순간
어느새 훌쩍 자란 침엽수처럼
보이지 않는다 잡히지 않는다
온 곳으로 돌아가는 길
이 세상에 지나가는 것들은 모두

그곳으로 가는 길
태양이 담벼락에 널려 있던
저의 햇빛을 데려간 자리
여름의 목쉰 매미들이 돌아간 자리
그곳으로 가기 위해 태어나고 사랑한다
모두가 온 곳으로 돌아가기 위해
지금 모두 지나가는 중

벽화 3

돌 속에 살았던 햇살
돌 속을 흐르던 강물과 구름
은빛 첨탑 아래 이마가 눈부신
당신이 살고 있는 2층 돌담집으로
두 마리 말이 이끄는 마차를 타고
대장간 지나 길모퉁이 빵집을 돌아
창문을 열어놓고 저녁을 짓고 있는
당신이 사는 집으로 달려가다가
그만 돌이 되었네
손에 쥔 은방울꽃 딱딱한 빵
성당 푸른 종소리에 날아오르던 새들
말갈기처럼 펄럭이는 노을이
붉은 지붕들을 데려가는
그리운 풍경 하나
돌의 저녁 속에 살고 있네

삶을 문득이라 불렀다

지나간 그 겨울을 우두커니라고 불렀다
견뎠던 모든 것을 멍하니라고 불렀다
희끗희끗 눈발이 어린 망아지처럼 자꾸 뒤를 돌아보았다
미움에도 연민이 있는 것일까
떠나가는 길 저쪽을 물끄러미라고 불렀다

사랑도 너무 추우면
아무 기억이 나지 않을 때가 있다
표백된 빨래처럼 하얗게 눈이 부시고
펄렁거리고 기우뚱거릴 뿐
비틀거리며 내려오는 봄 햇빛 한줌

나무에 피어나는 꽃을 문득이라 불렀다
그 곁을 지나가는 바람을 정처 없이라 불렀다
떠나가고 돌아오며 존재하는 것들을
다시 이름 붙이고 싶을 때가 있다
홀연 흰 목련이 피고
화들짝 개나리들이 핀다
이 세상이 너무 오래되었나보다
당신이 기억나려다가 사라진다

언덕에서 중얼거리며 아지랑이가 걸어나온다
땅속에 잠든 그 누군가 읽는 사연인가

그 문장을 읽는 들판
버려진 풀잎 사이에서 나비가 태어나고 있었다
하늘 허공 한쪽이 스르륵 풀섶으로 쓰러져내렸다
주르륵 눈물이 났다
내가 이 세상에 왔음을 와락이라고 불렀다

꽃 속으로 들어가 잠이 든 꿈
꽃잎 겹겹이 담긴 과거 현재 미래
그 길고 긴 영원마저도
이생은 찰나라고 부르는가
먼 구름 아래 서성이는 빗방울처럼
지금 나는 어느 과거의 길거리를 떠돌며
또다시 바뀐 이름으로 살아가고 있는 것일까

해설

달을 떠오르게 하는 소의 쟁기질

김경수(문학평론가)

1.

시인들이 말과 더불어, 혹은 말을 통해 사는 사람이라는 것을 모르는 사람은 없을 것이다. 일반적으로 시는 언어의 집으로 일컬어지는데, 시인들이 언어로 지어내는 집은 그 형태와 내부를 채운 가재도구들의 이채로움으로 이제껏 일반인들이 경험해보지 못한 감각들을 일깨우고 세계를 보는 시각을 새롭게 열어놓는다. 그런데 시인들이 그런 집을 지을 수 있는 것은 신이 시인들에게 준, 일반인들 모르는 어떤 신비로운 언어 때문이 아니라, 일반인들도 똑같이 사용하는 언어를 다채롭게 조합하기 때문이다. 그러니까 언어에 대한 시인들의 의식이 그만큼 치열하다는 것인데, 이번 시집에 수록된 권대웅의 시는 일반적으로 시인들의, 그리고 어쩌면 그만의 것일 수도 있는, 언어에 대한 그런 의식이 어떤 식으로 작동하는가를 자주 보여준다. 예를 들어 다음과 같은 진술들을 보자.

> 지나간 그 겨울을 우두커니라고 불렀다
> 견뎠던 모든 것을 멍하니라고 불렀다
> (……)
> 떠나가는 길 저쪽을 물끄러미라고 불렀다
> (……)
> 나무에 피어나는 꽃을 문득이라고 불렀다
> (……)

내가 이 세상에 왔음을 와락이라고 불렀다

위 인용문은 「삶을 문득이라 불렀다」에 나오는 진술들이
다. 여기에는 '우두커니' '멍하니' '물끄러미' '문득' '와락'
같은 부사어들이 반복되어 나타나고 있는데, 한국어가 모어
인 독자들에게 이 단어들은 의심할 바 없이 자명한 의미를
지닌다. 하지만 부사라는 것이 기본적으로 다른 동사나 문
장의 뜻을 분명하게 하는 품사로서, 세상에 대한 어떤 태도
나 확실성의 수준을 문제삼는 기능을 하고 있다는 점을 떠
올리면 이 말들은 전혀 다른 빛을 띠게 된다. '우두커니'라
는 말의 지속 시간이 계절을 단위로 할 수는 없는지, '멍하
니'라는 말은 혹시 기억과 마주하는 순간을 의미하는 것은
아닌지, '물끄러미'라는 말은 시선을 가로막는 장벽 너머까
지 본다는 의미는 아닌지, '문득'과 '와락'은 생의 차원이 바
뀌는 순간을 표현하는 데 쓰이는 말은 아닌지 등의 의식이
바로 그것이다.
  이렇게 일상적인 언어의 쓰임새를 의심하고 문제삼는 순
간, 우리는 그 언어의 확장성에 기대어 새로운 인식의 지평
으로 들어서게 된다. 누구도 위에 든 언어들의 사전적 의미
의 영역을 정해준 바가 없으므로, 시인이 그 의미를 다른 대
상들과 행위에 연계시키는 순간 그 언어들은 새로운 의미
영역을 개척하게 되는 것이다. 위 시가 보여주듯이, 시인의
많은 시에서 찰나와 영원, 과거와 미래가 뒤섞이며 교호하

고, 사람의 한 생의 시작과 한 송이 꽃의 개화가 같은 수준
에서 거론될 수 있는 것은 바로 이런 이유 때문이다. 그렇기
에 시간적으로나 공간적으로 서로 떨어져 있던 이질적인 사
물들이 한자리에 모인다거나, 종의 경계를 넘어 수다한 생
명체가 예사롭지 않은 인과의 망 안에 들어오는 일이 가능
해지고, 지역과 시간대를 달리한 사람들의 생이 동일한 차
원에서 겹쳐지는 것이다. 다음과 같은 시편이 이를 단적으
로 보여준다.

> 멀리서 당신이 보고 있는 달과
> 내가 바라보고 있는 달이 같으니
> 우리는 한동네지요
>
> 이곳 속 저곳
> 은하수를 건너가는 달팽이처럼
> 달을 향해 내가 가고
> 당신이 오고 있는 것이지요
>
> 이 생 너머 저 생
> 아득한 한 뼘이지요
>
> ─「아득한 한 뼘」 부분

그런 순간을 시인은 "이곳 속 저 너머의 경계가 뒤바뀔

때"(「하늘 모퉁이 연못」)라고 표현하는데, 불행하게도 그
순간은 그다지 길게 지속되지 않는다. 그것은 일종의 환영
이기 때문이고, 더더욱 언어의 힘을 그야말로 잠시 빌려서
혹은 속여서 획득한 것이기 때문에 거의 필연적인 것이다.
위 시에서 축복인 듯 확보된 '한 뼘'의 거리가 '아득하다'라
는 말을 동반하고 있는 것은 바로 그런 이유 때문이다. 통상
적으로 '아득한'이라는 말은 '한 뼘'과 쉽게 결합할 수 없는
데, 그런 만큼 이 두 단어의 결합이 사람의 마음에 불러일으
키는 감정은 어떤 판단도 주저하게 만드는 의미의 흔들림을
내포한다. 위 시가 내보이는 그 넉넉한 인식의 태도 속에 모
종의 불안이 느껴지는 것은 바로 그 때문이다.

  그래서일까, 권대웅의 시에서 이런 경계가 뒤바뀌는 순
간은 놀랍게도 어떤 생명이 소멸하는 시간대에 집중되어
있다. 즉, 개동(開東)보다는 저물녘이, 꽃이 필 무렵보다
는 질 무렵이, 그리고 노을 지는 저녁 시간대가 그의 시에
서는 압도적으로 우세하다. 그것은 「모과꽃 지는 봄」「라일
락 질 무렵」「땅거미가 질 무렵」, 그리고 「당신이 다시 오시
는 밤」과 같은 시 제목에서도 단적으로 확인되지만, 그 외
의 시편들에서도 다수 등장한다. 이를테면 다음과 같은 구
절들이 그렇다.

  잡히지 않으며 존재하는 것
  만져지지 않으며 살고 있는 것들이

불쑥불쑥 잘못 튀어나왔다가
제자리로 되돌아가는 시간
그 밝음과 어둠이 섞이는 삼투압 때문에
뼈가 쑤시는
땅거미가 질 무렵
　　　　　　　　　　　　—「땅거미가 질 무렵」 부분

기억의 갈피갈피 햇빛이 지나갈 때
남겨진 삶들이 불쑥불쑥 튀어나올 때
　　　　　　—「기억의 갈피로 햇빛이 지나갈 때」 부분

　이처럼 "~할 때"와 같은 시간 부사절의 병렬(竝列)은 이
번 권대웅 시집의 한 언어적 특징이기도 한데, 그 순간에 그
는 "이쪽으로 올 수도 없고/ 저쪽으로 가지도 않으며/ 현재
와 과거와 미래 사이를 서성이는 응어리/ 그 시간의 갈피에
숨어 살고 있는 것들", 그리고 "이 세상을 떠나고 싶지 않
았던 울음/ 혼자서만 너무 그리워했던 눈빛/ 억장이 무너져
쌓인 적막/ 꽃들의 그림자와 떠나지 못한 햇빛들"(이상 「시
간의 갈피」)을 인식한다. 그리고 그의 다른 시편들을 참조
하면 이 무형의 실체는, 특히 어머니와 함께했던 유년의 기
억이라는 것이 분명히 드러난다.

처마밑으로 제비들이 분주히 드나들던 집
허리둘레가 넓은 어머니처럼 든든해 보이던
장독 항아리들과 병정 같은 펌프가
우뚝 서 있던 마당
　　　　　　　　　　　　—「허공 속 풍경」 부분

돌아보면 어둑어둑 텅 빈 마당
어머니가 꼭 잠가놓고 가지 않은 수돗물 소리
똑똑똑
세월 저편에서 문 두드리는 소리처럼
수백 년이 지난 골목길을 빠져나간다
　　　　　　　　　　　　—「보문동」 부분

　그 거울 속에는 백내장 녹내장으로 30년 동안 앞 못 보
는 고모가 바라보던 꽃밭이 있고 언덕이 있고 연못이 있
다. 할아버지가 보고 싶었던 할아버지의 아버지와 어머니
진눈깨비 내리는 들판이 있다. 낯익은 골목길 서 있던 그
집 앞 처마밑과 불빛에 부풀던 창문들, 디근자 집 마당에
서 목욕을 하던 옆방 아줌마의 엉덩이와 빛나던 달빛들,
전봇대 그림자가 들어오는 다락방이 있다.
　　　　　　　　　　　　—「청동거울」 부분

위 시에서 보듯이 시인은 그 특별한 시간대에, 어릴 적 자

신이 성장했던 집이며, 그 집을 구성했던 항아리며 펌프 같은 것들을 떠올리고, 그 속에서 함께 살았던 어머니와 고모와 할아버지와 그 조상들 및 어렵던 시절 그 남루한 삶을 함께했던 이웃들을 기억해낸다. 또한 어머니 없는 집에서 혼자 견뎌야 했던 시간과도 조우하고, 자신의 집이 있던 골목도 사실은 많은 누군가가 자기처럼 어머니와 함께 생을 시작하고 마감했던 유구한 삶의 공간이었다는 것도 인식한다. 이처럼 앞서간 존재들과 그 존재들을 감싸안았던 원체험의 공간을 회상하는 일이 삶의 유한성을 조금이라도 넘어서려는 소망의 발현이라는 것은 새삼 말할 필요도 없다. 그것만으로도 시인은 자신이 현재에만 존재하는 것이 아니라 과거의 시간대와도 연결되어 있다는 풍요로움을 경험하기 때문이다. 하지만 시인의 회상은 여기서 멈추지 않고 한 걸음 더 나간다.

봄밤이면 엄마도 꽃피고 싶었을 거야
뜨거워지고 싶었을 거야
철쭉 공원에서 울다 왔을 거야
왜 이제 알았을까
활짝 핀 철쭉꽃을 바라보다
엄마가 혼자 밥 먹던 봄처럼
목이 메어오는 밤

—「엄마의 꽃」부분

위 인용 시에서 보듯이 시인은 어머니를 떠올리면서 어머니가 꿈꾸었을 내밀한 욕망을 조심스레 짐작하는 데까지 나아간다. 즉, 시인은 어머니 살아생전에는 미처 몰랐던 어머니의 마음을 미루어 짐작하고자 하는데, 어떤 의미에서 이런 행위는 자신이 온당하게 의미를 해석하지 못한 채 보내드린 어머니의 삶을 보다 충만한 것으로, 그리고 보다 온전하게 재구하려는 의지의 소산으로 보인다. 어머니의 침묵에서 자신이 의당 새겨들었어야 하는 말을 뒤늦게 유추하고 확신하려는 시인의 이런 태도는, 시인 자신이 어머니와 관련하여 지니고 있었던 회한과 부채의식을 비로소 덜어내는 의미도 지닌다.

이처럼 자신의 삶과 떼려야 뗄 수 없는 관계를 지닌 존재를 시간의 틈새에서 되살려내고 그 사람의 진면목에 다가서려고 하는 시인의 행위는, 그 대상이 되는 존재는 물론 현재에 구속되어 있는 자기 자신을 과거와 미래의 시간대로 열어놓는 계기로 작용한다. 즉, 그런 경험을 통하여 시인은 자신의 유한성을 자각하고 그런 유한성을 넘어설 수 있는 새로운 시야를 확보하는 것인데, 그것은 바로 자신의 유한한 삶이 생성과 소멸을 되풀이하는 우주의 원리와 별개의 것이 아니라는 인식이다. 「달소」라는 시는 아마도 이 시집에 수록된 시 가운데 뛰어나게 아름다운 시편 중의 하나일 텐데, 이 작품에서 시인은 이런 인식의 차원을 선명하게 보여주고 있다.

> 소가 달을 끌고 간다
> 느릿느릿 쟁기 하나로
> 어두운 저 무한천공(無限天空)을 갈고 있다
> 걸음이 무거워져 뒤를 돌아볼 때마다
> 달이 자라나고 있다
> 꿈뻑거리는 눈동자가 안쓰러워
> 훠이훠이 소몰이꾼처럼
> 새들의 울음이 밀어주고 가는
> 하늘에 달이 차오를수록
> 소의 등에 앉은 구름이 가볍다
>
> —「달소」 부분

달과 소가 함께 있는 이 시는 그 시적 소재들의 특성으로
만 보면 불교에서 말하는 십우도(十牛圖)를 연상시킬 만큼
회화적이며 상징적이다. 하지만 자세히 읽어보면 그와는 사
뭇 다른 메시지와 정조를 전달하고 있음을 알 수 있다. 소가
쟁기로 무한천공을 끈다는 서술은 현실적으로는 쉽게 이해
되지 않을지도 모른다. 하지만 지나간 시절, 농촌에서 달이
떠오를 때까지 하염없이 밭일을 해야 했던 농부와 소의 숙
명을 떠올려보면 위 시의 서술이 그런 풍경의 연장선상에서
그려졌다는 것을 이해하기란 어렵지 않다.

위 시에서 시인이 이지러진 달이 다시 차오르는 것이 소의 노동 덕분이라고 말하는 것은 그렇게 이해된다. 오랜 동안 신에게 바치는 희생(犧牲)물로서 간주되어왔던 역사에서 알 수 있듯이, 소는 인간을 대리하거나 인간과 이웃한 존재다. 따라서 쟁기를 끄는 소의 노동은 인간의 삶을 함축하고 있는데, 이렇게 보면 위 시는 인간이 지상에서 겪는 삶의 신산(辛酸)이란 것이 사실은 이지러진 달을 다시 청천에 만월로 떠오르게 하는 일과 연결되어 있다고 하는 인식을 내보이고 있는 것이다. 즉, 소와 달 사이의 숨어 있는 인과율을 말함으로써, 이 시는 대극적인 것들이 결합하면 어떤 인식의 지평이 열리는가를 선명히 보여주고 있는 것인데, 사실상 시란 이런 것이 아닐까. 이런 시적 인식을 감안하면, 우리는 시인이 세상의 모든 것이 다음날의 신생과 개화를 위해 안식에 접어드는 그 시간대에서 다채로운 삶의 풍경들을 기억해내는 일도 사실은 그렇게 잊고 있었던 삶에 우주적 차원을 마련해주는 일이라는 것을 자연스럽게 이해하게 된다.

어떤 의미에서 그 일은 이 시집에 수록된 시편들을 통해 시인이 이르고자 하는 궁극의 목적이기도 하다. 이런 개인적 과업을 인식한 시인은 그래서 이런 일을 하기 이전까지의 삶을 미완성의 그것으로 인식하고 있는데, 이 점은 시인이 그런 삶을 '유예받은 날들을 사는 집시의 시간'(「집시의 시간」)을 살아가는, '착불로 온 인생'(「착불(着拂)」)으

101

로 정의하고 있는 데서도 알 수 있다. 그래서 권대웅의 이
번 시집은 이렇게 미지불 상태로 지상에 던져진 존재가 자
신의 삶에 걸맞은 차원을 확보하기 위한 시적 여정을 기록
한 시집으로 읽힌다. 그래서 당연히 그 과정에서 시인이 겪
었을 고통의 기억 또한 이 시집에 산재해 있는 것으로 읽히
는데, 그것은 「포복」이라는 시가 보여주듯 지상적 존재로서
의 삶을 철저하게 살아내야 한다는 자기 다짐이라는 공통
점을 지닌다.

그렇게 해서 시인은 나의 삶과 타인의 죽음, 그리고 과거
와 현재를 포함한 세상의 모든 것이 하나의 흐름 속으로 합
류한다고 하는 비밀을 목도하게 되는 것인데, 「바라나시에
서의 시」의 다음과 같은 구절은 시인이 도달한 그런 인식을
아주 선명하게 보여주고 있다.

슬픔도 더러움도 아름다운 것을 깨닫는 순간
나는 갠지스강과 함께 저 태양 속으로 흐른다.
장작불에 타다 만 죽은 자의 발 하나가
정처 없이 강물 위를 걸어간다.

권대웅의 다음 시작(詩作)의 여정은 아마 위와 같이 삶의
정면을 바라본 경험으로부터 시작(始作)되지 않을까. 나는
그렇게 생각한다.

권대웅 1988년 조선일보 신춘문예를 통해 등단했다. 시집『당나귀의 꿈』『조금 쓸쓸했던 생의 한때』가 있고, 산문집『그리운 것은 모두 달에 있다』가 있다.

문학동네시인선 097
나는 누가 살다 간 여름일까
ⓒ 권대웅 2017

1판 1쇄 2017년 8월 25일
1판 9쇄 2023년 1월 18일

지은이 | 권대웅
책임편집 | 김민정
편집 | 김필균 도한나
디자인 | 수류산방(樹流山房)
본문 디자인 | 유현아
마케팅 | 정민호 이숙재 박치우 한민아 이민경 안남영 왕지경 김수현 정경주
　　　　김혜원
브랜딩 | 함유지 함근아 김희숙 고보미 박민재 박진희 정승민
제작 | 강신은 김동욱 임현식
제작처 | 영신사

펴낸곳 | (주)문학동네
펴낸이 | 김소영
출판등록 | 1993년 10월 22일 제2003-000045호
주소 | 10881 경기도 파주시 회동길 210
전자우편 | editor@munhak.com
대표전화 | 031) 955-8888　팩스 | 031) 955-8855
문의전화 | 031) 955-3578(마케팅), 031) 955-2678(편집)
문학동네카페 | http://cafe.naver.com/mhdn
인스타그램 | @munhakdongne 트위터 | @munhakdongne
북클럽문학동네 | http://bookclubmunhak.com

ISBN 978-89-546-4662-8 03810

www.munhak.com

문학동네